Eugen Roth

Traum des Jahres

Ausgewählte Gedichte

Carl Hanser Verlag

ISBN 3-446-14346-7

Druck und Bindung: Kösel, Kempten
Printed in Germany

Der Baum

Zu fällen einen schönen Baum
Braucht's eine halbe Stunde kaum
Zu wachsen, bis man ihn bewundert,
Braucht er, bedenk es, ein Jahrhundert.

Aufbruch

Über Nacht, vom ersten warmen Winde
Kühn gemacht,
Hat der März das Tal geschwinde
Grün gemacht.

Wärmt der Wald sich, mager und gestrüppig
Erst das Fell,
Bald des Kirschbaums Knospen, üppig
Bersten hell.

Süßer Regen weint den weh gefrornen
Garten auf.
Blüten, die im Schnee verlornen,
Warten drauf.

Hinter das vom Winter ausgebleichte
Grau der Welt
Ist nun schon das frühlingsleichte
Blau gestellt.

Morgen kommt die Sonne: Furcht und Hoffen
Stöhnt vom Schlag –
Von des Lichtes Blitz getroffen,
Tönt der Tag!

Auftauende Landstrasse

Schnee, wie groben Salzes Korn
Rauscht mir unterm Wanderschritt.
Winterliche Reise!
Doch schon geht der Frühling mit,
Und die Sonne rückt nach vorn:
Gestern einen Hahnentritt,
Heute einen Mannesschritt,
Morgen einen Hirschensprung.
Und mit übermütger Zung
Hat sie schon das Land beleckt,
Süß schmeckt ihr die Speise!
Wie ein Pardelfell gefleckt
Liegt der Anger hingestreckt
Wunderlicher Weise.
Wo die Straß den Wald durchläuft,
Liegt noch hoch der Schnee gehäuft
In der schmalen Schneise.
Doch dort vorn im Sonnenschein
Rinnts von tausend Wässerlein.
Blank vom Gleise triefts und träuft,
Daß die Straße schier ersäuft,
Bläulich blinkts vom Eise ...

Kleine Welt mir zu besehn,
Bleib ich voller Andacht stehn,
Schaue mit Entzücken.
Träum mich armen Wanderzwerg
Riesengroß, wie einen Berg,
Muß auf winziges Wunderwerk
Lächerlich mich bücken.
Hundert Quellen halt ich zu,
Plump mit meinem Nagelschuh,
Und ein Eisstoß treibt im Nu

Über seinen Rücken.
Urweltlandschaft – so als flöß
Durch die Ebenen von Löß
Reißend wild der Hoang-Ho
Und ich könnt ihn, götter-roh
Aus dem Bette drücken.
Sieh, mit flinkem Nagezahn
Bricht das Wasser neue Bahn,
Triftet hier ein Flöckchen Werg,
Holt sich dort ein Hälmlein Stroh
Und schießt jetzt hinunter froh,
Sprengend alle Brücken.

Und nun treibt es schwarz wie Ruß
Gegen den gestemmten Fuß:
Gletscherfloh an Gletscherfloh,
Ein Millionenrudel.
Immer wieder, Stoß um Stoß
Jagts hinunter, rettungslos
In den weißen Strudel.
Triebe neue Sintflut so,
Denk ich, fort die Menschheit bloß,
Widriges Gehudel!
Rasch und rascher wird die Wucht,
Unabsehbar wird die Flucht,
Wirbelnd wilder Sprudel,
Bis sich in beruhigter Bucht
Sammelt Satz und Sudel.

Müde meines Kinderspiels,
Eingedenk des Wanderziels
Geh ich wieder weiter.
Schon verglühn im Wolkenrost
Tages letzte Scheiter.
Käuzchenschrei und Rabenruf –

Riesig trabt mit blankem Huf
Überm goldnen Schnee der Frost,
Silberblauer Reiter.
Eis in feinen Nadeln sproßt,
Bis in Krusten, gläsern hart
Alles Fließende erstarrt,
Wieder jetzt die Straße knarrt
Unterm stillen Schreiter.
Fort der Traum, der mich genarrt
Von dem eitlen Götterwerk.
Mühsam, müd, ein Menschenzwerg
Wandr ich über Tal und Berg –
Und doch himmlisch heiter ...

Im April

Die gelbschnäblige Amsel scharrt
Im welken Laube.
Des Spechtes Klopfen schnarrt
An morscher Rinde.
Der Himmel, grauerstarrt,
Zerbricht im Winde,
Der in den Bäumen knarrt.
Der Ruf des Kuckucks narrt,
Daß ihm wer glaube.
Das erste Veilchen harrt,
Daß es wer finde.

Erste Bienen

Die Schattenwiese ist stumm,
Aber der sonnige Hügel
Wiegt sich im Bienengesumm.

Es schweben die zärtlichen Flügel
Behutsam noch hin und her,
Es wagen die schüchternen Lippen
Nur bräutliche Küsse zu nippen
Kindlich und ohne Begehr.

Später, im Hummelgebrumm,
Wenn üppiger, Blum an Blum,
Die Wiesen in taumelnden Wellen
In bunten Gefällen
Aus den Wäldern quellen,
Dann werden die kleinen Gesellen
Schon frecher
Und stürzen, trunkene Zecher,
Der Linde würzige Becher
In brausenden Schwärmen leer.
Sie naschen von Lilien und Rosen
Und füllen die Taschen der Hosen
Mit schlierem Golde sich schwer.

Herbstlich dann strotzen die Waben.
Wiese und Hügel wird stumm.
Erste, dürftige Gaben
Süß aus den Veilchen zu graben,
Ach, was gäb ich darum.

Erste Grille

Aus dem kalten Winterloch
Eine schwarzgelbe Grille kroch,
Um den langentbehrten, süßen
Ersten Sonnenstrahl zu grüßen.
Noch
Ein bißchen stubenkrank,
Schwank
Und auf schwachen Füßen.
Aber doch
Frühlingsblank
Saß sie auf der Rasenbank,
Saß die kleine Grille
In der großen Stille
Unterm Märzenhimmel, der
Heut zum erstenmal sich schwer,
Sonntagsschwer,
An der brausend starken Luft betrank.

Hahnenschrei

Die Hähne krähn
Den Tag entlang
Vom ersten Mähn
Und Sichelsang
Bis spät zum Feierabendklang.

Das Krähen schweift
Von Haus zu Haus
Und weiter greift
Landein, landaus
Der Feuerruf, der Siegesbraus.

Er überspringt
Das Wasser breit
Und er durchdringt
Waldeinsamkeit,
Es ist ihm nicht die Welt zu weit.

Da Petrus einst
Den Herrn verriet,
Hat er geweint
Beim Hahnenlied.
Verrat und Reu noch heut geschieht.

Des Hahnes Stimm
Ist siebenfach,
Ist stark von Grimm,
Von Ängsten schwach:
Sie hält das Herz der Erde wach ...

Vor Ostern

Wie der Märzwind stößt und stürmelt;
Dort, die graue Wolkenherde
Übern Himmel hergeblasen,
Stupft, mit weichen, nassen Nasen
An die Erde; so, als möchten
Junge Pferde hier schon grasen.

Unterm Rasen wühlts und würmelt.
Weidenruten wehen gelber,
Wie wenn sie sich Zöpfe flöchten.
Menschen gehen auf den Straßen,
Reden seltsam mit sich selber,
Rührn die Hände, wild bewegt,
Wie wenn mit dem Wind sie föchten.

Und Dein Kind jagt aufgeregt
Nach dem ersten Osterhasen.

Sprossendes Grün

Von der Geburt noch angestrengt,
Wie Laub an Laub erzittert!
In Knospen war es lang gezwängt,
Erst in der Nacht hat es gesprengt
Das finstere Gehäuse.
Nun Blättlein neben Blättlein hängt,
Wie im Dachstuhl die Fledermäuse
Schmal hängen und flügelzerknittert.

Ein Blitzlein zuckt, ein Donner knallt:
April, noch täppisch, gewittert.
Doch hat der Regen schon Gewalt,
Daß sich das Laub mit Lippen drängt
Und gierig Tropf um Tropfen fängt
Und plötzlich kühn und tausendfalt
Den dürren, lichtzerrissnen Wald
Mit holdem Grün umgittert.

Erinnerung

April wars. Der Himmel wie Seide.
Und der Wind hat der Weide
Zärtliche Worte gesprochen
Ins gelbe Haar.
Das Veilchen noch ängstlich verkrochen
Im Blattgrün war.
Du hasts mit Entzücken gebrochen,
Wie süß hats gerochen. –
Das waren glückliche Wochen!

Es wurde ein trauriges Jahr …

Nach vielen Jahren...

Der Kuckuck, der dem Knaben rief,
Ist lange tot.
Die Blume, die das Kind beglückt,
Ist lang verblüht.
Das Märchen, das im Wald gehaust,
Ist lang vorbei.

In fremden Bäumen saust und braust
Ein junger Mai.
Ein Greis, von schweren Jahren müd,
Sich einsam bückt
Und hält die Blume, abgepflückt,
In starrer Faust.
Er schaut ins Abendrot verzückt
Beim Kuckucksschrei
Als obs, aus Märchenwäldern tief,
Sein alter Kinder-Kuckuck sei.

Müde

Das Leben rührt mich nicht mehr an,
Mit keiner Not, mit keinem Glück;
Es hat mir einst sehr weh getan
Und ließ mich tief in mir zurück ...

Die Freunde gehn von mir so still,
Es schreiten leis vorbei die Fraun,
Die wie im Traume auf mich schaun,
Als wär ich wer, der schlafen will.

Da mach ich auch die Augen zu
Aus List, wie ich's als Kind getan,
Ich leg mein totes Herz zur Ruh –
Tief innen fängt ein Lächeln an ...

Frühling im Kriege

Schrecken erschlägt meine Stadt.
Blitz zerwirft mir mein Haus.
Feuer frißt meine Habe.

Und ich, wie ein schwärmender Knabe,
Stürm in die Sonne hinaus
Und raffe die Hände voll Blüten.

Was soll denn einer noch hüten,
Der keine Heimat mehr hat?

Blumen! Auf welchem Grabe
Streu ich sie morgen aus?

Der dich tötet…

Der dich tötet:
Nicht der Winter muß es sein,
Der den Sarg der Erde lötet.
Unterm Kerzenglanze
Schwinge dich zum Tanze,
Nimmer mußt du in den Sarg hinein.

Der dich tötet:
Muß der Herbst nicht sein,
Der des Waldes Wange rötet.
Hör die Hörner klingen,
Sieh den Hirschen springen,
Trink den alten – es kommt neuer Wein.

Der dich tötet:
Nicht der Sommer muß es sein,
Der so hold zum Bleiben nötet.
Süßer in den Brüsten
Quillts von Liebeslüsten,
Und der Erde volles Glück ist dein.

Der dich tötet:
Ach der Frühling wird es sein,
Der mit Star und Amsel flötet.
Wagst du kaum zu hoffen,
Stehn die Gräber offen,
Erste Kränze werden deine letzten sein!

Blumen im Krieg

Gelbe Tulpen im Glase:
Schau sie dir an!
Wie die Welt auch rase
An diesem Tage, der blutet und stöhnt
Heldisch und roh,
Von Eisen zerdröhnt:
Sie haben nicht Teil daran –
Gelbe Tulpen im Glase.

Etwas muß sein, daß es bleibe,
Ohne daß mans gewöhnt:
Wert, der nichts sonst begehrt,
Als dies eine:
Schön zu sein: Unversehrt
Mitten im Wahn.

Furcht ist im Leibe,
Blut ist im Weine,
Schmach ist im Weibe,
Unrecht im Schwert.
Neid ist im Golde,
Haß ist im Edelsteine.

Doch, ob auch des Gerichts
Posaune blase:
Nichts rührt das holde
Reine Geheimnis an:
Gelbe Tulpen im Glase!

Traum und Gedanke

Die Amseln werfen liebesschwer
Von Ast zu Ast sich hin und her.

Die Schwalben, schrillen Schreies, fliehn
Am feuchten Himmel her und hin.

Und also stehst mir Du im Sinn,
Daß ich wie Schwalb und Amsel bin.

So leicht mir meine Träume ziehn
Am hellen Tage her und hin,

Doch wirft sich in der Brust so schwer
Nachts der Gedanke hin und her.

Regen in Vicenza

In der Wildnis fremder Stimmen
Sitz ich stummer Gast
Hin und her in kahlen Schenken.
Graue Regentücher schwenken,
Und der wuchtige Palast
Will als eine Arche schwimmen
Auf den Wogen.

Und da ist auch schon der Bogen,
Siebenfarbig, lichtversöhnend,
Und im Feuchten
Alle Türm und Zinnen krönend,
Steigt ein schmetternd wildes Leuchten.
Und die Mauern halten stöhnend
Solchem Prall,
Solchen Lichts posaunentönend
Ungeheurem Überfall.

Jubelnd stürz ich durch die Gassen,
Seh den schneeblind geisterblassen
Alpenwall
Unter schwarzzerfetzten Fahnen.
Und dann stehn die Hügel da.
Nah.
Rauchend. Grün.
Ganz von Nässe vollgesogen,
Grün, wie Du nicht wagst zu träumen –
Grüner, grüner:
Denke kühner
Und Du wirst vielleicht erfassen,
Wie es grün war dort im Nassen.

Grün von Wiesen, grün von Bäumen
Und von Pflaumenblütenschäumen
Grün und weiß. Und der Platanen
Stämme glänzten grün und moosig,
Mandeln blühten grün und rosig –
Tropfen funkelten wie Glas,
Fielen wie in offne Schürzen
In das grüne, grüne Gras.
Und ich sah die Hügel stürzen
In des Lichtes lanzenschnelles,
Lautlos grelles
Übermaß ...

Der Kirchhof

Den Umweg vom Sträßlein zur Straßen,
Den schneidet ein jeder ab:
Es führt eine schmale Gassen
Über den Kirchhof hinab.

Der rußschwarze Rauchfangkehrer
Geht hier und der mehlweiße Bäck,
Es spart sich der alte Lehrer
Und der junge Pfarrer das Eck.

Der alte Lehrer, der schneuzt sich
Umständlich ins rote Tuch,
Der junge Pfarrer bekreuzt sich
Und schaut in sein schwarzes Buch.

Die Hausfrauen, ohne Schaudern
Stehn schwatzend mitten im Tod;
Am Leichenstein ist gut plaudern
Vom Alltag und seiner Not.

Die fremden Herren und Damen,
Die Sommerfrischler im Ort,
Die lesen die spaßigen Namen
Und lächeln und gehen fort.

Nur nachts, im Mondlicht, im bleichen,
Huscht jeder ängstlich vorbei:
Ob nicht an der Kirchwand ein Zeichen
Für ihn schon geschrieben sei.

Liebesspruch

Du bist nicht hier. Ich bin nicht dort,
Uns schwemmten böse Stunden fort.
Sie trugen mich in mich hinein,
Sie schlugen dich in dein Allein.

Doch glaube an den tiefen Sinn,
Die Liebe findet überall hin:
Sprich du mit mir das Zauberwort –
Dann bist du hier; dann bin ich dort.

Bayerisches Land

Der Frühlingshimmel hängt übern Zaun
Ein weißblau gewürfeltes Bauernbett.
Alter Filzschuh, vertreten, faserbraun
Steht der Torfstich. Ein morsches Brett
Wackelt über den schwarzen Tümpel.
Drin blühen Dotterblumen, drallgrün, gelbfett
Neben zerbrochnem Geschirr und Gerümpel.

Die Benediktenwand schwimmt karpfenblau
Hochbucklig über dem Wälderspiegel.
Ein Hügel, noch unbegrünt und fichtenrauh,
Rollt sich zusammen, ein listiger Igel.
Am Dorfrand arbeiten Maurer am Bau.
Rot glänzen mitten im Vorfrühlingsgrau
Im Abendlichte die frischen Ziegel.

Im mürben Gärtlein bewacht ein Spitz
Lautkläffend die ersten Aurikeln.
Hoch in des Kirchturmknaufs Funkelblitz
Nahm sich den goldenen Gockelhahn
Der zugereiste Star zum Sitz.
Der läßt wie betrunken jetzt himmelan
Die süßen Töne prickeln.

Mai im Gras

Wolke weiß
Den blauen Himmel schmückt.
Grünes und brennend gelbes Feld
Ist bis an den Rand der Welt
Hingerückt.
Bauernfleiß
Übern Pflug sich bückt.

Lerchenlied
Tropft auf schwarzen Krähenschrei.
Unbeweglich äugt das Reh
Aus dem tiefen, grünen Klee,
Ängstefrei.
Nichts geschieht,
Eh vorüber ist der Mai.

Menschengroß
Liege ich im Gras, das fett
Blumenstrotzend um mich fließt,
Das sich um mich schließt
Wie ein Bett.
Wünsche bloß,
Daß ichs als mein letztes hätt.

Heimgang

Spät geh ich heim. Unter Fliederdolden
Duftet die weiße Schulter der Nacht.
Grüngolden
Atmen die Bäume windumfacht.
Voll Nebellust,
Voll Mondengnade
Heben die Zweige die bebende Brust.

Ach, und von Brüsten der Frauen satt
Küß ich im holden
Wahnsinn das rauhe
Das junge zärtliche Rüsterblatt,
Eines von tausend,
Das flüstersausend
Die nächtliche Lippe lustvoll mir streift.

Und ich spüre den Schmerz der Dryade,
Die verzaubert im Baume hausend
Zitterbrausend
Seufzend nach meinem Haupte greift.

Beim Wein

Der Tod hat keine Lippe mehr,
Er hat nicht Schlund noch Bauch.
Und doch schleicht das Gerippe her:
Stumm stellt er seine Hippe her,
Will trinken, wie wir auch.
Er schüttet sich den roten Wein
Hinunter in sein Totenbein,
Als göß er einen Strauch.
Schau an, der Tod fängt an zu blühn,
’s will wie von Rosen um ihn glühn,
Er winkt mir zu, ich trink ihm zu:
Wie macht der Wein mich kühn!
Doch, wie dem Tod ich sagen will,
Daß heut ichs mit ihm wagen will,
Vergeht er wie ein Rauch.

Juniwiesen

Sieh die bunten Juniwiesen
Über Tal und Hügel fließen.
Von den blauen Bergen her
Fällt ihr Kleid aus grünen Wäldern
Blumenschwer
Und verliert sich in den Feldern.

Margeriten und Salbei,
Roter Klee ist auch dabei.
Löwenzahn, noch im Verwelken,
Hebt das Köpfchen, flaumig grau,
Büschel roter Kuckucksnelken
Drängen sich ans Licht,
Unterm Gräsernicken
Blau
Wuchert das Vergißmeinnicht,
Schaut dich an mit treuen Blicken.

Junimorgen nach Gewittern,
Wenn im Feuchten
Tausendfach im Sonnenleuchten
Tropfen Taus an Kelch und Halmen zittern ...

Juniwiesen, bald vorbei ...
Hör ich doch im Abenddämmern
Ringsum schon
Den verhaßten Ton:
Bauern ihre Sensen hämmern.

Morgen, eh es tagt,
Wenn noch Mond und Stern am Himmel steht
Und der Kauz im Walde klagt,
Kommen Knecht und Magd,

Und noch eh der Tag vergeht,
Fällt der bunte Flitter,
Liegt ihr alle hingemäht
Unterm Schwung der Schnitter:

Margeriten und Salbei,
Roter Klee ist auch dabei ...

Auf dem Turm

Enge Treppen, die ich klimme,
An des Glockensturmes
Mächtiger Stimme vorbei
Hinaus in des Turmes Schwalbengeschrei.
Über der Dächer Korn und Kimme
Das Land im Dunst, als schwimme
Eine Scheibe im Luftmeer frei.

Neig ich mich über des Gitters Rand
Schwindelnd hinunter:
Grau stürzt die steinerne Wand.
Aber drunten, ein bunter
Kinderschwarm auf dem heißen, weißen
Platze blüht wie ein Blumenbeet.
Und die verlassenen Gassen,
Darinnen die Sonne steht, glühen und gleißen.
Und die Bastei, steinalt
Wärmt sich den Buckel, schattenkalt
Dunkelt die mächtige Stirn.
Die dachte Jahrhunderten Gewalt
Waffen klirren durch ihre Träume.
In den Höfen und Gärtchen, in jedem Spalt
Dunkle Bäume und helle Bäume:
Blühend Kirsche, Pflaum und Birn.
Störche klappern, nestnah, fliegen weit.
Und ich schwebe mit durch lichte Räume,
Über alt und neue Zeit ...

Nächtlicher Weg

Licht von Balkonen golden,
Gärten voll Geisterhauch,
Weiße Holunderdolden
Und Sterne auch.

Frauenlachen. Der Becher
Prahlender Klang.
Ein jugendtrunkener Sprecher.
Und dann: Gesang!

Sehnsucht mit zögerndem Finger
Ins Dunkle greift:
War denn das Glück einst geringer,
Das dir gereift?

Hast du nicht satt dich getrunken,
Nicht satt gelacht?
Bist nicht in Frauen gesunken
Einst Nacht für Nacht?

Lachen verlischt und Geplauder,
Schrill wie ein Flötenlauf.
Weiß steigt der fröstelnde Schauder
Des Todes auf.

Sehr heisser Tag

Noch im Schatten, grünumdämmert,
Schließt du deine Augen fast,
Weil die Sonne dich verwirrt.
Draußen klirrt und flirrt der Glast
So, als würde ohne Rast
Schnell auf grelles Blech gehämmert.

Grillenschriller Lärm des Lichts:
Über der zerrißnen Erde
Falterblau die Hitze flämmert.
Übers Brachfeld, ohne Hast,
Treibt ein feuerdürrer Hirt
Seine staubumwölkte Herde
In ein heißes, weißes Nichts.

Kleiner Krieg

Am Straßenrand die Grille wohnt,
Die Schnecke still ihr Haus bestellt,
Und wenn sie Huf und Rad verschont,
Kein Mensch stört ihre kleine Welt.

Den Rain mit Klee und Löwenzahn,
Mit Wegewarten, staubig blau,
Den sehen sie als Heimat an
Und kennen Halm und Blatt genau.

Am Straßenrand der große Stein
War ihres Reiches fernste Mark.
Den warf ein Büblein nun feldein
Mit Kinderhänden, noch nicht stark.

Wie ist nun ihre Welt verwirrt:
Die Schnecke schließt ihr festes Haus,
Der Käfertruppen Panzer klirrt
Und hundert Hummeln schwärmen aus.

Der Grillen kriegerische Schar
Mit schrillem Lärm die Schwerter schleift.
Das unterm Stein zu Hause war,
Das Emsenvolk, das Land durchstreift.

Doch eine Hummel fand zum Glück
Den Stein zur selben Stunde noch.
Gewachsen war das Reich ein Stück:
War's auch kein Krieg – ein Sieg war's doch!

Die Grillen zirpten sommerlang
Von jenem großen Schicksalsschlag.
Es ward ein rechter Heldensang –
Der lebt noch bis zum heutigen Tag.

Im Sommer

Im Kirschbaum sitzen, oh traumalte Wonne!
Grüngoldene Wildnis, von Früchten prall.
Draußen, weiß, die lodernde Sonne,
Der Ährenfelder wogender Schwall.

Einen Kirschkern trällernd zwischen den Zähnen
Streun ich hinunter zum schwarzen Fluß.
Die Auen schütteln die glänzenden Mähnen,
Die Kühle wallt aus dem Mühlenschuß.

Mädchen, die mir, dem Erglühten, begegnen,
Kichern und äugeln, wer weiß warum.
Sie lachen mich aus, aber ich muß sie segnen:
Bleibt mir nur lang noch so jung und dumm!

Ach, daß Gott gut sei den lieben Dingern,
Gut, wie der Himmel, wunschlos und zart,
Gut wie der Sommer, der mit windweißen Fingern
Sich streicht durch den grünen Bart.

Der Falter

Nacht stand bis ans Fenster dicht.
In den kleinen Kreis von Licht,
Den ich eng um mich gezogen,
Kam ein Falter wild geflogen.

Schwirrte poltertaumelig flatternd,
Rauschte im Papierschirm knatternd,
Schrecklich in sein Schicksal rennend,
Sich zerstürzend, sich verbrennend ...

Griff ich plump ihn, menschenhändig,
Schlug er, wie ein Herz lebendig,
Angstvoll in Verzweiflung wütend –
Hilflos war ich, ihn behütend.

Dreimal warf ich ihn im harten
Schwunge in den schwarzen Garten.
Doch er sah im Glanz sein Glück,
Dreimal schwirrte er zurück,

Bis er, tappend, blind durchs Zimmer
Torkelte, um still zu enden ...
Aber mir an meinen Händen
Blieb des feinsten Goldes Schimmer.

Der Fluss

Zischend fährt, eine zornige Natter,
Aufgescheucht vom Gewitterguß,
Im Geflecht der Blitze, im Donnergeknatter
Der schwarzgeschwollene Wälderfluß.

Das grüne, triefende Dickicht zerteilend,
Zögernd sich windend, schuppenprall,
Und wieder sich lösend, lautlos pfeilend,
Geringelt, gestreckt zu fließendem Fall.

Versteckt in der wilden Wirrnis grabend,
Raschelnd und rauschend, vom Sturz umstaubt:
Ganz vorne wiegt sich im goldenen Abend
Das züngelnde, ziellose Schlangenhaupt.

Vor dem Gewitter

Die Luft steht still. Die Landschaft ist wie gläsern.
Von grellen Zuckungen der Himmel flirrt.
Kein Windhauch streicht in all den Sommergräsern.
Heiß ist die Erde. Tief von Lust verwirrt.
Ein Sonnenstrahl, der durchs Gewölke klirrt,
Ist schon die Tuba, die erdröhnen wird
Am Mund von himmlischen Fanfarenbläsern.

Ein Sommertag

Sommer, süßer Summer, summ!
Tausend Immen fliegen, Käfer
Hummeln mit Gebrumm
Tummeln rund um mich herum
Um den heißen, gliederweißen
Blumenbunten Wiesenschläfer.

Grillen schrillen messerspitz.
Frösche quaken laut im Weiher.
Blinzelnd durch der Augen Schlitz
Schau ich in den blauen Himmel
In das summende Gewimmel.
Durch der Mücken goldnen Schleier
Fährt der Schwalben schwarzer Blitz.

Krieg ist, Krieg! Nach Jahr und Tag
In der Schule lernt ein Knabe,
Was geschehn sein heute mag...
Aber nicht, wie gut ich lag
Diesen langen Sommertag:
Süß, wie Honig in der Wabe,
Wie die Liebe tief im Grabe,
Wie die Sonne leuchtend stumm . . .
Friede weit um mich herum
Und ich selbst des Friedens Nabe . . .
Sommer, süßer Summer, summ . . .

An eine Frau

Du sahst der Liebe Feuer an mir fressen.
Du nährtest es mit Hoffnung ohne Maß.
Dann aber gingst du. Warum tatst du das?
Jetzt will ich dich vergessen,

Ich will nicht bitter dich vergessen,
Will ruhmlos, lächelnd dich vergessen.
Dann will ich das Vergessen noch vergessen,
Mit dem ich dich vergaß.

Sommerfrühe

Erstes aus dem Fenster Spähen,
Uhrenschlag aus weiter Ferne:
Drei Uhr früh.
Und am Himmel stehn noch Sterne,
Stehen nah und dicht.

Hähne heben an zu krähen
Und aus Kammern schimmert Licht,
Übergoldet Traum und Müh.
Knechte rüsten sich zum Mähen.

Morgenwölkchen leicht sich blähen,
Hold wie Mandelblüh,
Und der Himmel wird schon seicht.
Die Katze schleicht
Aus dem Haus,
Quer im Maul die tote Maus.

Türen knarren,
Im Stall die Pferde scharren.
Uhrenschlag aus weiter Ferne:
Halb vier Uhr früh.

Und die Sterne
Tropfen schon.
Tausend Vogelstimmen
Verschwimmen
Zu einem einzigen Ton.

Der Hofhund knurrt
Halbwach,
Ein Taubenpaar gurrt
Unterm Dach.

Das erste Licht geht übers Gras
Mit nackten Füßen.

Und nun beginnt voller der Spatzen
Wildes Gekreisch.
Der Hofhund mit täppischen Tatzen
Schlägt nach der ersten Fliege.

Über die Stiege
Ein Tappen,
Schlurfen und Schlappen.
Schlaftrunken, verzagt
Heraus tritt die junge Magd
Und die Sonne spielt auf dem süßen,
Bettwarmen Fleisch ...

Einsamer Zecher

In einer Bauernschenke
Da hängt ein Bild, geweiht,
Daß, wer es anblickt, denke
An die Dreifaltigkeit.

Und in dem milden Scheine,
Der auf dem Bildnis ruht,
Da reifen erst die Weine
Zu himmlisch reiner Glut.

Gottvater ist zum Zechen
Ein wackerer Kumpan:
Kein Wörtlein tut er sprechen,
Schaut mich nur freundlich an.

Ich trink auch mit dem Sohne;
Der weiß manch gutes Wort,
Doch seine Dornenkrone,
Die zwingt er nicht mehr fort.

Und wenn die hellste Traube
Mein Blut mit Feuer speist,
Dann flattert weiß die Taube,
Da kommt der heilige Geist!

Gemälde

Die Landschaft ist grün und blau,
Grün und blau allein.
Grün ist das Gras der feuchten
Üppigen Au.
Grün ist vom Tau
Das Leuchten.
Graublau
Ist der Stein.
Zarter der Berge Schein,
Der Himmel morgenrein
Hellblau.

Nur Weiß ist viel darein
Gemischt wie aus Tuben,
Wie Kalk, der zischt
Aus brodelnden Gruben.
Unter all das Blau und Grün
Kühn
Hingewischt:
Holunderblühn, Schierlingsblühn,
Des Wasserfalls Gischt
Und die Wolke, windgefrischt.

In der Klamm

Im hohen nassen Gras
Vom Regen zaubergrün
Beträuft mit Glitzerglas
Den Felsenhang hinunter
Die jungen Blumen blühn
Bis dort, wo Quellen munter
Der Klamm entgegenstürzen
Der Lattichwildnis zu.

Mit zarten Füßen steigt
Hinab der Frauenschuh,
Die Maienblume neigt
Die Glocken voller Würzen
Aus grünen Blätterschürzen.
Aus Moos und grauem Stein
Hebt die Spiree verzweigt
Die Hand aus Elfenbein.
Wildrosen blühn am Dorn.
Die Kuckucksblum mit langem Sporn
Haucht Düfte weiß.
Vorsommerheiß
Die Eiben stehn und Tannen.

In steingehöhlten Wannen
Lichthellen, funkelblauen,
Nackt baden Elfenfrauen,
Wo niederstäubt in Schleiern
Sprühweiß der Wasserfall.
Von Harfenspiel und Leiern
Weht süßer Töne Schwall,
Wenn Nöck und Nixe feiern
Am tiefverborgnen Born.

Doch hoffe nicht, zu klettern
Hinunter in den Schlund.
Wind stößt ins Warnerhorn,
Wie von geheimen Wettern
Bebt heiß der Lüfte Zorn.

Angst überfällt und Grauen
Den Lüsternen, den Schlauen,
Der wollt die nackten schauen,
Die holden Elfenfrauen.
Berggnomen, ihre Vettern,
Mit ihnen stehn im Bund,
Die werden dich zerschmettern:
Du stürzest todeswund.

Vergeblich, dir zu helfen,
Herschwimmen nun die Elfen
Aus ihren feuchten Klüften
Aus Sprudeln, Quellen, Flüssen,
In ihren kühlen Armen,
An ihren weißen Hüften
Kannst du dich nicht mehr erwarmen,
Und nicht mehr an den Küssen
Von ihrem nassen Mund.

Drum bleibe, ob den Schlüften,
Hier, wo in blauen Lüften
Gesang weht und ein Düften
Hoch überm kalten Schattengrund.

Bei Sonnenuntergang

Die Sonne schmilzt den Felsenrand.
Die Schwalben schwirren schwarz im Licht.
Gott geht in Wolken übers Land
Und hat das bärtige Gesicht,
Mit dem ich ihn als Kind gekannt.
Er zieht vorbei und sieht mich nicht.

Die Fahrt nach Engelszell

In Passau, der goldenen Stadt
Verließ ich den Dom,
Verließ ich das orgelbrausende Haus
Und auch die Schenke zum Heiligen Geist,
Die wohl getränkt und gespeist mich hat,
Und ging, über die Innbrück hinaus
Übern grünen Fluß, der wild wirbelnd reißt.
Eine Vorstadt war noch, zwischen Gärten kraus,
Die boten manch duftigen Blumenstrauß
Und scherzten mit gipsernem Reh und Gnom.
So kam ich bis an den Donaustrom.
Den wanderte dann ich einsamer Mann
Mit rüstigen Schritten entlang.

Und blickt ich auf meinen Weg zurück,
Sah ich lang noch ein Stück
Von der geistlichen Stadt
Und drohend darüber am waldigen Hang
Die trotzigen Mauern von Oberhaus
Gewaltig und kühn.

Dann sah ich nichts mehr, denn alles verschlang
Das Grün, das unendliche Grün.
Grüngrau, graugrün ging der Strom mit Braus
In Wirbeln matt und in Wellen glatt
Grüngrau war das zappelnde Pappelblatt,
Das große, zitternde Herz.
Und grünschwarz standen die Erlen schlank
Und die Weiden weißspitzig und grau.
Grünschwarz war das wuchernde Brombeergerank
Zwischen dem Fluß, der dahinschmolz wie Erz
Und der fetten, grastiefen Au.

Die Wiesen, schon junirauh
Verholzt und gebräunt
Waren von Salbei blau: so blau
Hab ich sonst ihn gesehen nie.
Dahinter, mit Stecken eingezäunt,
Auf den Weiden, stand scheckiges Vieh.

Darüber, von beiden Seiten her,
Gingen die Leiten von Wald,
Wo der mächtige Strom sich vor Zeiten quer
Mit Gewalt, mit sanfter Gewalt
Bezwingend der Felsen Gegenwehr
Mit nichts als der Woge, die rann,
Gegraben den klaffenden Spalt
Jahrhunderttausende alt.
Jetzt steht dort der mächtige Tann
Und prächtig, als wär es der Schild zum Speer,
Ein Eichbaum, dann und wann.

Am Himmel zogen die Wolken schwer
Und drohten mit Regenguß.
Mitten im Sommer kam eisiger Hauch
Und oft, von Sonne, ein Schwertschlag grell
Überm kalt hinkochenden Fluß.
Und das Schwalbenvolk flitzte schnell
Mit weißblitzendem Bauch
Und ritzte, das flügelgespitzte, die Well
Mit flüchtigem Kuß.

Hoch in den Lüften ein Geier, gell
Schrie grau in dem grauen Licht.
Zwei Kuckucke riefen, der eine hell,
Der andere dunkel und fern.
Das Sträßlein, nun ging es eingeengt,

Dicht zwischen Felsen und Fluß gezwängt,
Wo droben, mit grämlichem Greisengesicht
Eine Burg die Pechnas herunterhängt:
Die drohte wohl vormals den reisigen Herrn –
Mich störte sie nicht.

Dort rastete just ich, an einem Quell
Bei Stern und Vergißmeinnicht.
Ein Hund lief herzu mit struppigem Fell,
Mit lautem Gebell.
Der blieb nun ein Stück weit mein Weggesell.
Ich hatte ihn gern.

Schon fielen Tropfen, groß und schnell,
Ich kam aus dem Wald,
Das Sträßlein neigte mit leichtem Gefäll
Sich hinunter und drüben lag Oberzell
Verwittert und alt.

Es lag, vom grauen Lichte bestürmt
Mit seiner Stiftskirche, zwiegetürmt,
Mit manchem prächtigen Haus,
Lag unter dem grünen, rauschenden Hang,
Und die Donau, aus dem felsichten Zwang
Rieb sich in rascheren Wirbeln und schwang
Sich mächtig hinaus.

Herüben aber wars grau und still.
Der Wald ging bis an den Fluß.
Der Fährmann schlief tief
In der schwankenden Zill,
Weil keiner ihn rief,
Ihn zu wecken, daß er hinüber muß.
Und auch ich ging vorbei,
Im Herzen bezähmend den halben Entschluß,

Hinüber aus meiner Wüstenei
Zu fahren, zu fröhlichem Bier und Wein,
Und weiter ging ich, in leisem Verdruß,
Bei dem drohenden Guß
So allein auf dem Weg zu sein.

Ich wanderte weiter in lauter Grün,
Das sommerverworren und dicht
Mit Disteln und Kräutern am Wege stand,
Herwuchernd über des Sträßleins Rand
In der Wiesenmulde, die licht
Sich schmiegte an Wald und Felsenwand
Mit bescheidenem Blühn
Und schmalem schwarzsilbernen Ackerland,
Gewonnen in hartem Bemühn.
Ein Schloß erhob sich zur rechten Hand
Schuppig behelmt, im Eisengewand
Raubritterkühn.

Verzaubert war alles; ich ging im Traum.
Kein Mensch begegnete mir.
Nur die Wolken, schwer schnaufend,
Wettlaufend schier,
Zogen niedrig im grauen Raum.
Es standen wohl Häuser dort und hier,
Doch waren sie stumm.
Es lud keine Schenke zu Brot und Bier.
Wohl prangten die Gärten in bunter Zier
Blum neben Blum,
Und aus den Ställen, von Roß und Stier
Kam Gescharr und Gebrumm,
Aber zu sehn war kein Kind, kein Tier –
Ich wußte es nicht, warum.
Ich ging des Weges, verwunschen schier,
Und schaute mich auch nicht um –

Nur nach dem spät blühenden Apfelbaum,
Der im Schatten stand, an des Weges Saum
Schwarzkrallig und krumm.

Im Gehen zog ich mein Brot hervor –
Es war ja schon Mittagszeit;
Und hielt den Mund an ein Brunnenrohr
Damit ich im Rasten mich nicht verlor,
Denn der Weg schien noch weit.
Und war es doch nicht; denn eh ichs gedacht,
War Engelhardtszell in Sicht.
In eine grüne Kastaniennacht
Fiel grelles Gewitterlicht,
In weiße, funkelnde Kerzenpracht
Auf ein Kapellchen, das voll Andacht
Mit barockem, krausem Gesicht
Und heiter, vertrauend dem ewigen Heil,
Zum blauenden Himmel sah.

Und dann war des Marktes Häuserzeil
Schon ganz nah, gebaut an die Ufer steil.
Die letzte Meil, die ging ich mit Eil
In dem frohen Gefühl: ich bin da!

Der Markt an der Donau war einmal reich,
Das war noch an Vielem zu sehn.
Jetzt war er behäbig und schäbig zugleich,
Die Gassen verlassen und schmutzig bleich
Und alles ließ lässig sich gehn.

Ein Wirtshaus neben dem andern stund:
Der Adler, die Traube, die Post.
Die Türen klafften mitunter, wie wund,
Die Mauern zeigten den Ziegelgrund
Und standen, gedunsen, ungesund

Wie von zu fleischiger Kost.
Die Schindeldächer taten mir kund,
Gesträubt von Hitze und Frost,
Und die trüben Läden voll Warenhausschund
Des Reichtums und des Biedersinns Schwund
Am alten Heerweg nach Ost.
Doch lustig, verblichen den goldenen Grund,
Knarrten die Schilder im Rost.

Ich schwankte, indem ich die Speiszettel las,
Wohin ich mich wenden müßt.
Und hatt ein Gelüst auf dies und auf das
Und fragte schließlich noch Vetter und Bas,
Wer das bessere Wirtshaus wüßt.
Und folgte dann doch meiner eigenen Nas,
In die Post, noch zaudernden Schuhs:
Ein ungeheuerer Metzgerhund
Verwehrte den Eintritt dem Fuß.

In dumpfer Stube von trägem Mund
Erscholl ein grantiger Gruß.
Ich setzte mich still in den Hintergrund,
Wo ein Handwerker saß und aß
Und mich mit mürrischen Augen maß
Aus einem Gesicht voll Ruß.

Die Kellnerin schob sich aus ihrem Eck
Des neuen Gastes nicht froh.
Sie fegte mit ihrem Tuch voll Dreck
Über den Ahorntisch
Und legte ein schmutzig altes Besteck
Zu einem papierenen Wisch.
Und fragte nach meinem Wanderzweck
Vor Neugier ganz plump und roh,
Und es verdroß sie, als ich bloß keck

Die Schultern lüpfte: »Nur so . . .«
Und ging wieder weg und brachte das Bier,
Das hell war und bitter und frisch.
Und der Metzgerhund, das riesige Tier,
Lagerte knurrend, mit Zähnegebleck,
Einen Brocken erwartend, bei mir.

Doch aß ich gebratenen Donaufisch –
Was gäb es auch besseres hier,
Wo der Strom, der breite, vorüberfließt,
Als daß man seine Gaben genießt,
Nicht achtend des Hundes Begier.

Nun ging ich schlendernd hin durch den Ort,
Ich schaute mir alles an.
Zur Donau zog es zuerst mich fort:
Das hätt es wohl jeden getan,
Denn sie ist die mächtige Königin dort
Mit leisem Wort und brausendem Wort
Und alles ihr untertan.

Die verwitterten Treppen hinunter, steil
Durch verwahrloste Häuserschlucht,
Wo die Hühner saßen, im Nassen geduckt,
Und die Hähne, mit rotem Kamm
Erzitterten bunt, voller Eifersucht.
Wo aus vergitterten Gärten geil
Die Feuerlilie prunkte, feil
Grellrot, mit manchem schwarzsamtenen Punkt,
Hinunter, wo am gemauerten Damm
Die Donau herschwamm und mit Wirbelwucht
Heraufstieß, wie Wolken, den gärenden Schlamm,
Wo Welle, von schnellerer Welle verschluckt,
Hinschoß, von der Schwalben Pfeil überzuckt

Und das wilde Gebüsch, ins Wasser getunkt
Zitterte, wie am Seil.

Die Häuser, mit ihrer düsteren Front
Schauten in trübem Verfall
Auf den graugrünen, unbesonnt
Rauchenden, siedenden Schwall.
Aber mit ihrer züngelnden Flamm
Hoch schoß die Nessel empor.
Im Hühnergackern und Gockelzorn
Blühte, schier wütend, ein Flor
Von Rotdorn, Schwertlilien und Rittersporn,
Und an den triefenden Zweigen, klamm,
Weil am kühlen Tag es sie fror,
Feucht Flieder hing und Schneeball.

Ich ging entlang den steinernen Wall
Wo an Sommertagen, hellheiß,
Das Dampfschiff sonst landete, weiß
Mit Gelächter und mit Trompetenschall
Auf seiner fröhlichen Reis'
Von Passau nach Linz und in die Wachau
Und in die Kaiserstadt Wien.
Aber heut sah ich nur einen Schleppzug grau
Mühselig stromaufwärts ziehn.
Ein Gärtchen blühte am Steueraufbau,
Und kopftuchbunt stand dort eine Frau,
Die traurig und fremdländisch schien.
Ein Hund, ein Köter, struppig und rauh
Laut kläffend, lief her und hin.

So kam ich über den Ort hinaus
Und betrat eine lachende Flur.
Das Kloster sah ich, das Gotteshaus,
Sonst wenige Häuser nur.

Von der Trappisten schweigendem Fleiß
War allenthalben die Spur.
Sie hatten zum Garten die wilde Natur
In tausendjährigem Fleiß und Schweiß
Gewandelt zu Gottes höherem Preis
Getreu dem entsagenden Schwur.
Weit waren die Felder, wie an der Schnur
Bepflanzt mit Gemüse und Mais.
Und die Glashäuser blitzten und blinkten wie Eis,
Wenn Licht und Wind hinein fuhr.

In all dem grünen und blühnden Gepräng,
Wo die Donau hinausschoß, schnell,
Wieder in Wildnis und Wäldereng
Unter der Wolken schwerem Gehäng,
Da war die begnadete Stell.
Und als ich eintrat, über die Schwell,
Da wars, als ob alles zerspräng,
Als ob der Himmel herunter sich schwäng
Buntfarbig und golden hell,
Und brausend von der Verklärten Gedräng
Mit Chören der andern Welt mich empfäng
Die Kirche von Engelszell.

Bergfriedhof

Die Wiesen branden blumenschwer
Bis an die niedere Mauer her.

Holunder, der im Schatten bleicht,
Auf weißen Tellern Schlummer reicht.

Es blüht der Toten stiller Mund
Von Edelweiß und Türkenbund.

Die Berge stehen noch im Licht.
Sie sind schon tot. Sie sterben nicht.

Die Verlassene

Ich möcht ein Feuer sein,
Das voller Glut
Keinem als dir allein
Recht wehe tut.

Ich möcht ein Brünnlein sein,
Wär mirs vergönnt,
Daß ich mich engelrein
Ausweinen könnt.

Ich möcht ein Lüftlein sein,
Das traurig weht,
Daß es mit süßer Pein
Durchs Herz dir geht.

Ich möcht nur Erden sein,
Gnug für ein Grab,
Daß sie dich legen 'nein,
Daß ich dich hab!

Mondaufgang

Kupferrot, als wie ein Trunkenbold
Aus dem Dampf der Schenken taumelt,
Ein Soldat, die Taschen voller Sold,
Wankt der Mond, benebelt, auf die Brücke ...
Torkelt, schwingt sich aufs Geländer, baumelt.
Plötzlich, in den Fluß, der dunkel rollt,
Wirft er klatschend zauberblanke Stücke Gold!

Nachtwanderung

Droben rauscht der schwarze Wald,
Schlafend wie mit offnem Mund.
Straßentlang die kleine Welt,
Spielzeug, Haus an Haus gestellt,
Wie von Kindertraum umlallt.
Brunnen rauscht die Stunde wund.
Kette klirrt. Der Hofhund bellt.

Wirtshausschild verlacht den Gast,
Denn die Kirchenuhr schlägt drei:
Nachtgevögel, ohne Rast,
Ohne Zehrung zieht vorbei!

Des Holunders Blütenast
Strömt sich von der schweren Last
Wilden Duftes frei.

Horch, der erste Hahnenschrei.
Goldnes Lampenlicht erhellt
Frühes Mägdelied.

Heu, gehäuft in Reih und Glied,
Schwarze Schatten, aufgestellt –
Plötzlich die Erinnerung sieht:
Nacht im Feld.

Grau in Grau die Straße schwirrt,
Eisen an den Stiefeln klirrt,
Schlaf weht süß wie Frauenhaar.

Haus und Brück
Fallen in den Traum zurück.
Sterne stehen morgenklar.

GEBET

Du, der über allem wacht,
Leicht die Erde rollt in Händen:
Diesen Tag laß leise enden,
Gib mir eine gute Nacht!

Gott, du weißt, was ich ertrug.
Niemals bat ich dich um Gnaden,
Ging mit meinem Leid beladen,
War mir selber stark genug.

Doch laß heut mit meiner Last
Nah mich deinen Füßen betten,
Um dies Stäubchen Glück zu retten,
Das du mir gegeben hast.

Zerfallenes Schloss

Schroffer Stein. Vermorschte Brücke.
Unterm Söller Waldesbrausen
Und der Ferne goldnes Schimmern.

Eines Turms zersprengte Stücke,
Steiler Treppen leere Schnecken,
Ans zerbröckelnde Gemäuer
Hingeklebt ein Nest von Zimmern:
Höhlen, drin die Eulen hausen.

Und wo Schwert und Dolches Klinge
Den Verruchten niederstießen,
Prasselt grün der Nesseln Feuer.

Drunten rasselt noch der Schrecken
Mit dem rostigen Eisenringe
In den frostigen Verliesen.

Droben, in des Windes Wehen,
Gehen die verwirrten Harfen,
Träne süß und der Bankette
Kerzenschein, und vom Gelächter
Noch das Zittern in den Balken.

Und der Männer Eisenklirren
Und der Schatten, die sie warfen,
Noch im Schutt ein flackernd Schwirren.
Rosseshuf und Ruf der Fechter,
Heller Tage kühne Falken
Und der Frauen heißes Girren
Und der Treue Ring und Kette,
Wappen-Nachruhm der Geschlechter
Und des Engels schwarze Schwinge.

Spruch

Nun laß ich Wunsch und Willen ruhn;
Ein tiefes Wissen macht mich still:
Wie muß der selbst sich wehe tun,
Der nicht den andern weh tun will …

An eine tote Schlange

Da liegst du nun, den schlanken Leib zerbrochen,
Der leicht und wiegend aus dem Busch gekrochen,
Seltsam Geschöpf du, lautlos und allein.
Aus dir heraus, in dich hineingeringelt
Glittest du hin, und um das Haupt dir züngelt
Geheimnis uralt nach durch Moos und Stein.

Aus Gottes Ruf das erste Lebewesen
Und ihm zu wohl erdacht und zu erlesen,
Von seiner Weisheit noch zu tief durchflammt
Fielst du wie Luzifer von seinem Fluche
Und wardst, daß er in dir das Weib versuche,
Das ihm zu glücklich schien, zugleich verdammt.

Und als aus den verwunschnen Paradiesen
Die Engel ziellos unsre Eltern stießen,
So wie wir es gelesen in der Schrift:
Da durft er deiner wie der Menschen spotten;
Befahl er ihnen doch, euch auszurotten,
Und deine Zähne schärfte er mit Gift.

Drum, wer den Wurm und wer den Käfer schonet,
Die Schwalbe liebt, die unterm Dach ihm wohnet,
Dem Aar noch nachschickt seiner Augen Gruß:
Der zuckt, wenn sich dein Leib dem Laub entwindet,
Und wo er deinen schmalen Nacken findet
Zertritt er dich mit zitternd wildem Fuß.

Ich stehe hier, selbst im Gefühl zerspalten,
Nicht Haß, nicht Mitleid wag ich rein zu halten,
Dem Aug entgegen, lidlos, marternd stet,
Das durch mich weit ins Leere scheint zu schauen,
Als säh es hoffnungslos dies letzte Grauen,
Das keinem warmen Herzen sich verrät.

Badende Buben

Buben, braun und blondgeschopft,
Die Strümpfe
In die Schuh gestopft,
Übern Rücken gehängt,
Waten, wild nach Indianertaten,
Durch die Sümpfe,
Von Mücken bedrängt,
Durch die grüngrauen Flußauen ...
Weidenstümpfe,
Birken, Erlen, Eschen
Schmaler Wege Breschen
Ins Dickicht hinein.
Hoch aus dem Blauen
Das Licht durch die Zweige tropft.

Einen Gertenspeer der eine sich schnitzt,
Eine Weidenflöte der andre sich klopft.
Den Mund gespitzt
Probt er voraus das leichte Lied.
So traben sie durch Busch und Ried.

Draußen über die heißen, weißen
Steine blitzend im Sonnengleißen
Der Inn kalt kochend zieht.
Aber die Buben drinnen
Im Busche schleichen und kriechen,
Wo die Pappeln flocken,
Die Faulbäume riechen,
Wo hundert Wässer
Stocken und rinnen,
Froschäugige Tümpel,
Wo angeschwemmt
Und im Schlick verschlämmt

Alte Flaschen und Büchsen und Fässer
Und morsches Gerümpel
Geheimnisvoll, fremd
Locken,
Eine Ente aufrauscht mit Geflatter, Geschnatter
Erschrocken
Oder eine Ringelnatter
Schlüpft unters Wurzelgeflecht
Oder im Altwasser steht ein glatter
Schwarzgoldner Hecht.

Aber nun, aus der grünen Grotte,
Von hundert Gerüchen gewürzt,
Nesseldurchflackert, lattichgeschürzt,
Kommt mit Schreien die Rotte
Herausgestürzt
Schmatzend im Schlamm
Herauf zu den Weiden am Uferdamm,
Sich rasch zu entkleiden.
Das sind nicht mehr bairische Buben –
Entronnen
Den dumpfen Stuben,
Gewonnen
Dem neuen, dem unbekannten Gotte,
Verloren dem Lamm,
Dem Kreuze zum Spotte:
Die da auf den Steinen sich sonnen,
Barbaren sind es, sind junge Heiden
Von Glanz umronnen, nackt ...
Wie das Wasser, das grüne und weiße
Auch zerre und reiße,
Wie der Wirbel sie packt:
Sie kommen geschwommen,
Schlanke und kühne
Werfen sich in das Brausen,

Vorbei, mit Grausen
Wo das Riff die schnelle
Strudelnde Welle zerhackt.
Immer wieder hüpfen sie
Und im freien Spiel der Glieder
Sonnentropfend schlüpfen sie
Herzklopfend liegen sie,
Die Leiber schmiegen sie,
Wo der Sand, der feine, heiße
In der Glut des Lichtes backt.

Endlich, in der Sonne Neigen
Wird ihr lautes Rufen stiller.
In den Pappelzweigen
Rauscht des Abendwindes Triller.
Frierend, klamm
Steigen sie hinauf zum Uferdamm.
Zitternd schlüpfen sie in Hemd,
Hose, Strumpf und Schuh.
Laufen schnaufend, abendfremd
Durch das Grauen
Der verzaubert stillen Auen
Ihrem Kloster zu.
Schweigend traben sie und rennen.

Hundert Kerzen brennen
Im Gotteshaus,
Lieblich, in der Blumen Pracht
Strahlt die letzte Maiandacht.
Klosterschüler, fromme Knaben,
Die im Inn gebadet haben,
Treten sie hinein
Gläubig in den Weihrauchschimmer
In den Lichterschein.

Dann beim Abendschmaus
Hungrigwild, mit Räuberzähnen
Essen sie, vergessen sie
Schnell den frommen Sinn:
Wie es ihnen schmeckt!
Kaum, daß sie mit Strafen
Bändigt der Präfekt!
Schon im Schlafen, wähnen
Sie noch immer
Sich als wilde Schwimmer –
Zuckt im Mondenschein
Lang noch Arm und Bein
Rudernd übern Inn ...

Der Lagerplatz

Schwarze Kohlen, wüste Haufen
Ausgebrannter, mürber Schlacken.
Längst verlassene Baracken,
Gleise, die im Schutt verlaufen.

Wilde Brombeerranken packen
Das Gerümpel, schwanken dornig.
Freche Nesseln sitzen zornig
Dem verfallnen Zaun im Nacken.

Rostiges Eisen, wirrer Plunder,
Hügel von geschmolznem Glase,
Windschief im verfilzten Grase
Bretterstöße, morsch wie Zunder.

Aber als ein hohes Wunder
Lodert in die Luft, die heiße,
Lebensgrün der totenweiße
Schweigend duftende Holunder.

Augustmorgen

Den fernsten Kirchturm siehst du heut;
Es stört kein Hauch, kein trüber.
Und wandern hörst du das Geläut
Herüber und hinüber.

Das Licht wird Klang, der Klang wird Licht,
So leicht heraufgehoben ...
Im Glanz der reinsten Zuversicht
Bist du der Welt verwoben.

Sommer-Mittag

Vom Himmel lodert Feuers Sturz.
Der Wald sich ganz in sich verkriecht.
Sein Schattenkleid wird ihm zu kurz.

Das Gras, am Morgen erst gemäht,
Noch bunt und sterbensbitter siecht,
Bis es, zum duftigen Heu gebräunt,
Nun süßer stets und süßer riecht.

Das Hühnervolk im Schatten streunt.
Der Gockel ganz verschlafen kräht.
Vom Felde her dringt marterspitz
Der Grillen Schrei: die Hitz, die Hitz!

Ein Wölkchen, als ein Tüchlein weiß
Vom Wind ein wenig aufgefrischt,
Dem Himmel von der Stirn den Schweiß
Des unbarmherzigen Tages wischt.

Das Haus, von lauter Licht erdrückt
Und von des Schweigens Angst gepackt,
Sich tiefer in die Bäume bückt.

Im tiefen Wald ein Knabe schleicht,
Vorsichtig, daß kein Ästchen knackt.
Er träumt, er säh im Teich vielleicht
Ein Hexlein baden, weiß und nackt.

Die Kröte

Beim Holunderbaum,
Wo von Brunnen und Traufen
Sich die Wasser verlaufen,
Da ist unterm Brett,
Wie ein Stübchen, Raum.
Und da hat die Kröte Tisch und Bett,
Da hockt sie, fett,
Mit behaglichem Schnaufen
Und rührt sich kaum.

Aber am Abend, bevor
Es beginnt zu regnen,
Oder wenn das Gras
Naß ist vom Tau,
Im Dämmergrau
Wagt sie tappend sich vor
Und du kannst ihr begegnen
Beim glitschigen, schwarzen
Brunnenrohr.

Und die ganz Verwegnen
Nehmen ihr Pfötchen sacht
In die Hand,
Wünschen ihr eine gute Nacht,
Reden mit ihr, als hätt sie Verstand
Fragen, was sie da macht,
Heben sie wohl an den Brunnenrand,
Daß sie herblinkt, naß,
Menschenblaß,
Die Haut voller rötlicher Warzen.

Und wenn sie ihr in die Augen sehn,
Dann können sies wohl verstehen, daß

Die Kröte des Märchens geheimste Gestalt
Eine verwunschene Königin
Weise, uralt
Mit ihrem Krönlein, gezackt:
So tief ist drin
Im Aug ihr die Goldgewalt.

Aber einmal, am lichten Tag
Haben wir aus dem feuchten, frischen
Erdreich Würmer gehackt
Zum Fischen,
Und dabei den Brunnenverschlag
Leise gelüpft und da lag
Die Kröte verschlüpft.
Sie ist aber nicht davongehüpft,
Sie hat nur erschreckt
Gequakt und mit bangem Geschau
Die Fingerlein gegen uns ausgestreckt.
Da hat uns doch ein Grausen gepackt,
Als hätten wir, mit unschicklichem Blick,
Hocken gesehen, bauchgrau und dick
Fleischnackt
Vom Dorfe drunten die Bäckersfrau ...

Im Regen

Kinder kommen gelaufen
Ins Grüne, ins Nasse
Heraus,
In den prustenden Regen,
Ersingen sich seinen Segen,
Daß er sie wachsen lasse.

Im hölzernen Fasse
Mit dunklem Basse
Aus allen Traufen
Lärmt schon der Braus.

Die Bäume schnaufen,
Lechzen dem Feuchten entgegen.
Gern wollen sies leiden,
Daß der Wind sie fasse
Im wilden Bewegen,
Im tanzenden Saus.

Die Eichen vorm Haus,
Die beiden
Uralten Heiden,
Stehen bescheiden
Und lassen sich taufen.

Kalter Augustmorgen

Fahler, als du je den Mond gesehen,
Sieh die Sonne jetzt im Nebel stehen.
Sonne, glüh!

Wie im Winter kalt
Überm Wald
Weißer Dampf durch Wiesen wallt:
Im August
Fünf Uhr früh.

Doch du mußt
Ja nur auf den nächsten Hügel gehen:
Lichtumprallt
Siehst du jetzt der Sonne Rad sich drehen,
Schattengroß im weißen Nebelwehen
Tanzen deine eigene Gestalt.

Nach vielen Jahren

Die ich einmal sah,
Die ich nie besessen ...
Blickesnah
Seele sich in Seele fing,
Und ein Duft war da
Und ein Schmerz, der lange nicht verging.
Duft und Schmerz wie eine Wolke lange hing.
Und dann war sie doch vergessen ...

Manchmal nur
Im Gewirr der kranken
Weibgedanken
Kam ich auf die süße Spur.
Und der Duft war da
Und zerging ...

Wer es gewesen?
Frau im weißen Haar
Wird vielleicht dies lesen
Träumend, daß sie es war ...

Bitte

Dich
Nicht Dich
Dein Gesicht
Nicht Dein Gesicht
Nur Deine Augen
Die Augen nicht
Den Blick nur Deiner Augen
Den Schimmer nur von Deiner Augen Blick
Laß mich bewahren!
Ich taste mich, entlang den toten Jahren
In meine frühe Seligkeit zurück.
Ich will mir aus der leeren Luft
Dein Antlitz und Dein Haar
Des Leibes Duft
Das Tränenlächeln Deiner Seele will ich saugen . . .

Rückblick

Nun, da ich entsagen lerne
Und der Jugend schöne Ferne
Halb sich auftut, halb verhüllt, –
Nacht zeigt ihre ersten Sterne –
Trügt die Welt, als hätt sie gerne
Frühe Wünsche mir erfüllt.

Jeder Weg scheint nun verbreitert,
Felsen golden überleitert,
Abgrund wipfelgrün verdeckt.
Ach, und abendlich erheitert
Sehe ich, wo ich gescheitert,
Hat mich nur ein Wahn erschreckt.

Mutig schaut vom sichern Steige
Auf den Berg zurück der Feige,
Wo er ging, auf Graten schmal,
Auf des Schneefelds steilster Neige:
Deinem Engel dank und schweige –
Keinen führt er noch einmal!

Narr, von Wünschen aufgewiegelt,
Glaube nicht, was Trug dir spiegelt:
Tausendfältig von Gefahr
Menschenwege sind verriegelt.
Das Geheimnis sei versiegelt,
Wie dir deiner offen war …

Schwäbische Schenke

Steht da ein altes, trunken geneigtes
Kummergebeugtes
Lachengeschütteltes Haus.
Krächzt ein Schild dran. Ist eine Schenke.
Wohlan, ich denke, da kommt keiner ungebeten,
Stolpre gradaus,
Winde mich über die schneckengedrehten,
Ausgetretenen, ächzenden, knarrenden
Treppen voller Äste und Gruben,
Stoße die Tür auf zur lichtdurchwehten
Fensterblitzenden Stuben,
Wink der im Winkel sitzenden
Häkelnden, harrenden Kellnerin.
Setze mich breit an den sandgescheuerten
Sonnenumklirrten Ahorntisch.
Schau her, schau hin, steht schon, blinkend frisch
Vor mir der Rote, der lichtbefeuerte
Wein aus dem Unterland,
Schenkt schon das Mädchen mit weißer Hand.
Blond ist sie und blau,
Gleicht genau einer heißumworbenen,
Weh verdorbenen, längst verstorbenen Frau.
Laß die Weiber! denk ich und trinke.
Alte Liebe! Träum ich und winke:
Holde Beschwörung, sie sei mir erlaubt.
Und wie ich trinke, wie ich versinke,
Wölbt mir der Wein das einsame Haupt.

Nach dem Gewitter

Der Sturm hat seine Meute angekoppelt,
Die nur von ferne noch verhalten bellt.
Blauschwarz und silbergraue Regenwände
Stehn unbewegt am toten Rand der Welt.
Das scharfe, schwere Schwert der Sonne haut
Sich in das Dickicht eine breite Blende.
Die Wiesen leuchten, zum Smaragd erhellt.
Aufrauscht der Strom. Ihn treffen blaue Brände.
Jetzt rollt er frei hinunter, ohne Laut.
Vom Baum und Busch und vom bewegten Feld,
Das leise flüstert, müd und herbstgestoppelt
Ein flüchtiger Wind die Silbertropfen schnellt.
Die Nebel, rötlich überm Tal verbraut,
Zerstäuben rauchend aus dem Waldgelände,
Und überm Himmel, der schon zärtlich blaut,
Biegt sich in siebenfarbnem Lichte doppelt
Ein Regenbogen mild in Gottes Hände.

Nacht im Bauernhaus

Ein seufzender Atem wehet
Hin durch das hölzerne Haus.
Auf leisesten Pfoten gehet
Durchs Zimmer die silberne Maus.

Oh Haus, drin vom Vater zum Sohne
Uraltes Geheimnis ruht ...
Die Nelken dort am Balkone
Glühn schwarz wie geronnenes Blut.

Ich liege im kühlen Linnen:
Wer schlief schon, wer starb in dem Bett?
Mir ist, ich könnt es ersinnen ...
Der Holzwurm raspelt im Brett.

Vorm Fenster, dem gitterkleinen,
Steht der Mond, so schön und groß:
Nicht weinen, oh nur nicht weinen –
Die Welt ist erbarmungslos ...

Im August

Späte Pracht des Rosenstocks.
Siebenfarbig blüht der Phlox.
Zitterlust und dunkler Braus:
Letzter bunter Bienenschmaus.
Sonnenblume, schwärzlich braun
Schläft schon schweren Haupts am Zaun.
Apfelgarten, kühl und grün
Stillt das aufgeregte Blühn.
Ährenfelder, brandig schwer
Wälzen sich wie Wellen her,
Heben hoch das Kirchlein weiß
In den Himmel, flimmerheiß,
Daß es wie ein Schiffchen fährt
Samt den Heilgen, goldverklärt
Durch der Bauern Blumenlust
Hoch im schimmernden August.

Das Leben

Wie bist du hergewachsen, du?
Im Garten, im Wald, im Feld?

Bist du ein Schlinggewächs, ein Traum,
Bist wildes Kraut, voll Hexenduft,
Bist eine Blum voll Himmelsruh
Oder ein Baum
Wach und wehend in breiter Luft?

Wie bist du auf der Welt?

Ich weiß nicht, wie auf der Welt ich bin.
Oft mein ich, ich wär ein Traum.
Ich rank und schwanke her und hin
Und spür meinen Atem kaum.

Oft bin ich als Blume hingestellt,
Und die Sonn küßt mich auf und zu,
Und Hexenkraut bin ich in schwarzer Kluft
Und dann wieder ein Baum,
Sicher mich rührend in klarer Luft,
Die Wurzeln tief in der Erde Gruft
Und das Haupt umhellt.

Ich weiß nicht, wie auf der Welt ich bin
Und bin auf der Welt doch gern.
Ich leb so hin, ich sterb so hin,
Wie Ros im Garten, wie Mohn im Feld.

Oft graut mir vor dem goldnen Sinn,
Des ich doch nie teilhaftig bin
Auf diesem fremden Stern ...

Glück

Wie das Dunkel Well um Well
In mein Zimmer mündet,
Schüchtern wird die Kerze hell,
Die ich angezündet.

Engel rauschen blau herein,
Kühl mit leisen Schwingen,
Tanzen um den goldnen Schein,
Heben an zu singen.

Und wir beide, ich und du,
Halten uns umschlungen,
Schauen, horchen lächelnd zu,
Bis wir mitverklungen.

Der Herbst

Lang träumte der Sommer. Die scharfen
Herbsthunde lagen noch still.
Seine Hände pflückten aus Harfen
Den unnennbaren Klang
Und er lauschte dem eigenen Sang
Wie einer, der nicht mehr erwachen will.
Doch dann von den Bergen her drang
Der Hornruf des Herbstes und zwang
Zu männlichem Gang.
Aus den Wäldern die Hunde sich warfen.
Der Sommer erschrocken aufsprang
Und rührte die Locken: schön!
Er ging noch nicht gleich:
Im Tal stand er lang und der Herbst auf den Höhn
Und zwischen beiden, so mild, so bang
Hinschwankte das irdische Reich,
Bis eine Nacht kam, die weich war von Föhn.
Der Sommer ging fort, und der siegende Mann,
Der Herbst, stieg schweigend herab aus dem Tann,
So bunt und so bleich zugleich.

Hochgebirg

Das Sommergras verdorrt in struppiger Bräune.
Drei Schnitter brechen tief ins Dickicht ein.
Darüber steigen kurzgeschorne Matten,
Wirr überhaun von grau geflochtnen Zäunen.
Der Wald im breiten Atem mächtiger Fichten
Bestürmt den Berg und läuft im eignen Schatten
Den Hang hinauf, bis droben hart am Stein
Die Bäume nur mehr kriechen, krumm und klein.
Dort, wo sie sich, zerzaust vom Sturme, lichten,
Steht eine niedre Alm, mit Stall und Scheunen
Ins Fließen sanfterer Hügel eingebaut.
In deren Grün mit starr zerrißnen Platten
Der Fels herabspringt, stürzend zu vernichten.
Nun strömt der Gletscher lautlos aus dem Firn.
Grün schillert das geborstne Eis, und rein
Schwingt schweifend sich der Schnee im blanken Schein.
Darüber schwer, mit schwarz zerworfner Stirn,
Der Gipfel stumm auf Tod und Leben schaut.

Zuletzt nur Himmel, der ins Ewige blaut.

Der Gletscher

Ströme grellen Lichts im Mittag gleißen,
Und der Schnee in weißen Flammen flirrt
Purpurn unser Blut emporzureißen,
Daß es lodernd in den Schläfen schwirrt.

Droben über die geschweiften Flächen
Greises Haar des Nebels fährt;
Drunten rinnt aus blau geschmolznen Bächen
Ewige Milch, die süß die Täler nährt.

Kraftvoll wippt der Fuß, den Sprung zu wagen,
Die Gefahr bricht auf zu blanker Lust,
Und des Todes kalte Wellen schlagen
Leicht und lautlos an die heiße Brust.

Im Herbst

Sieh den September dort schweifen
Und sitzen im Gras!
Er treibt uns aus schimmernden Pfeifen
Die Tage wie Glas.

Wie freut er sich selbst an dem Spiele,
Der bärtige Mann:
Wie schöne Kugeln, wie viele
Er blasen kann!

Längst sind die Blumen und Gräser
Des Sommers verdorrt.
Der goldblaue September-Glasbläser
Geht auch bald fort.

Viel Kugeln, die er noch hatte,
Läßt er zum Glück
In flockige Nebelwatte
Verpackt uns zurück.

Die darf dann noch der Oktober
Werfen ins Licht,
Bis ihm ein Tölpel, ein grober,
Alle zerbricht.

Blick aus dem Fenster

Ein Fichtenwipfel, zapfenbraun, windbewegt
Schaukelt träge hin und her.
Ein Eschenwipfel, spätgrün, aufgeregt
Atmet schwer.
Still die herbstgeschorenen Wiesen
Hügelhinunter
In die Ebene fließen.
Ein septemberbunter
Garten leuchtet sehr.
Aus den grüngrauen
Weiden- und Erlenauen
Fahlweiße Lichter schießen:
Der Inn springt übers Wehr.
Waldlockig steil hebt sich der Rand
Des Ufers drüben aus dem ebnen Land.
Wolken mit runden Schilden
Bilden
Eine blaublanke Wetterwand.
Grellweiß, nadelspitz,
Im feuerwilden
Ersten Blitz
Zuckt der Kirchturm von Griesstätt her.

Abschied

Keinem ich zum Glücke fehle.
Ich vergeh im Herbstesrauch.
Wäre dennoch eine Seele,
Sich zu kränken
In verlornem Meingedenken:
Liebe Seele,
Du vergiß mich auch!

Ob im Feld verscharrt ich werde,
Ob bei Kreuz und Rosenstrauch –
Erde komme ich zu Erde.
Die du mich getragen
In den süßen Jugendtagen:
Liebe Erde,
Du vergiß mich auch!

Septembermorgen

Auf dem Turm, im Morgenstrahl
Steh ich, lichterfüllt.
Nebel hält das weite Tal
Drüben noch verhüllt.

In des Himmels lichtes Blau
Dröhnen Glocken schwer.
Unsichtbar, aus goldnem Grau
Schwingt die Antwort her.

Sieh, der Nebel reißt und raucht!
Grün und bunt der Hang!
Blitzend aus der Tiefe taucht
Jetzt der Turm, der klang ...

Im Herbstnebel

Tritt heut nicht auf Laub,
Tritt nicht auf Gras.
Was die Hexen streuen,
Weißt du das?

Keine Steine klaub!
Wirfst du, triffst du was,
Das dich sollt gereuen –
Weißt du das?

Stell dich blind und taub,
Ruf nicht Muhm und Bas:
Reiten nackt auf Säuen –
Weißt du das?

Mach ein Kreuz im Staub,
In vier Winde blas:
Kann dir nichts mehr dräuen –
Weißt du das?

Trüber Tag im Gebirg

Das Gras ist gemäht.
Weiß schäumt der Bach,
Ein Gockel kräht.
Die Schwalbe spät
Schwätzt unterm Dach.

Die Sonne leckt
Am Nebel schwer,
Der rauchig schmeckt.
Den Eiszahn bleckt
Der Gipfel her.

Was willst du tun,
Unruhiger Gast?
Den Nagelschuhn
Gebiet zu ruhn:
Halt einmal Rast!

Trink roten Wein,
Schau für dich still.
So ganz allein
Mit dir zu sein,
Trags ohne Spott:
Wer weiß, was Gott
Dir sagen will …

Gute Stunde

Die Welt ist jetzt so laut,
Daß ich sie nicht mehr hören will.
Da ist sie auch schon still,
Daß mir vor ihrer Stille graut.

Ich bin so ganz allein.
Was kümmern mich die Leut.
Ich hab gehabt, was mich gefreut:
Ich aß das Brot, ich trank den Wein.

Ich hab genug und sage Dank.
Ich bin nicht krank
Und nicht gesund,
Aber sterben möcht ich zu jeder Stund.

Ich hab nach nichts mehr ein Gelüst.
Ich hab geweint und hab gelacht.
Gut Nacht! Ich wüßt
Kein Ding der Welt mehr, daß mich glücklich macht . . .

Die Rose

Als sich die Rose erhob, die Bürde
Ihres Blühens und Duftens zu tragen
Mit Lust:
Hat sie, daß es der letzte sein würde
Von ihren Tagen,
Noch nicht gewußt.

Nur, daß sie glühnder noch werden müßte,
Reiner und seliger hingegeben
Dem Licht
Spürte sie – ach, daß zum Tode sich rüste
So wildes Leben,
Bedachte sie nicht …

Als dann am Abend mit Mühe der Stengel
Ihre hingeatmete Süße
Noch trug,
Hauchte sie, fallend dem kühlen Engel
Welk vor die Füße:
»War es genug?«

Der Garten

Der hingewelkte Garten
Ist nicht mehr grün, ist nicht mehr rot.
Was kann ihn noch erwarten?
Des Herbstes Rauch, des Winters Tod.

Vom prangend üppigen Laster
Der Blumen-Eitelkeit allein
Blieb noch die dürftige Aster:
Die wird sein letztes Lächeln sein.

Vom guten Werke zeuget
Der pralle Kürbis auf dem Mist.
Der Garten Gott sich beuget
Und stirbt als wie ein guter Christ.

Im Herbstgarten

September ist es, mild und spät.
Ein alter Mann im Garten geht.
Erinnerung, wohin er schaut:
Des Blumenjahrs verdorrend Kraut.
Der ersten Liebe Veilchenblühn –
Nun ists ein wuchernd Schattengrün.
Wie sog er sich an Lüsten satt –
Maiglöcklein weist das welke Blatt.
Wie glühten Frauen, üppig, frisch –
Pfingstrose ist ein rauh Gebüsch.
Wie kämpfte er um Mannes Wert —
Die Lilie hebt ihr rostig Schwert.
Ihm wuchs die Tochter, starb der Sohn –
In schwarzen Samen quillt der Mohn.
Und köstlich war das Leben doch –
Die Rosen blühen immer noch.
Wie mild er jetzt den Tod begreift –
Der Herbst den Apfel golden reift.
Nichts ist zu früh, nichts ist zu spät –
Am Stabe erst der Wein gerät.

Spätherbst

Ich wandre müd das Tal hinaus.
Vom Firn die Bäche mit Gebraus
Begleiten mich durch wüsten Stein
In lichten Lärchenwald hinein.

Der Nagelschuh am Felsen klirrt.
Der Wald in grauen Schatten schwirrt.
Ein Schneefeld noch, ein Zinnenkranz
Hoch oben stehn im Abendglanz.

Zwergweide schon den Bach umbuscht,
Wo mehlweiß die Forelle huscht.
Es lauscht dem wilden Wasserchor
Des Lattichs Elefantenohr.

Das Murmeltier pfeift weither schrill,
Dann ist es kalt und schauerstill.
Ein Hüttenrauch, ein Hirtenlicht:
O Flucht ins Menschenangesicht!

Ein kleiner, weißer Falter ruht
An einem blauen Eisenhut.
Der letzte Tag für alle zwei:
Ich gehe wie der Tod vorbei.

Oktober

Noch eine Nacht, die voller Sterne war
Und milden Atem hingab.
Aber dann
Ein Morgen, der sich rieselnd überspann,
Ein Tag, der müd in Regen niederrann ...
Und Regen lief dem Baum ins welke Haar.

Und von den Ufern stieg ein Frösteln her,
Das sich in jedem grünen Halm verfing.
Und wie es giftig über allem hing,
War keine Lust mehr, oh, in keinem Ding ...

Der blaue See war wie ein graues Meer,
Trüb und unendlich, alt von vielen Jahren,
Und so, als sollt ihn keiner mehr befahren.

Und plötzlich wurden alle Herzen klein,
Und ein Tag holte viele Tage ein,
Die Sommer schienen und es nicht mehr waren.

Letzter Herbsttag

Der Herbsttag, bunt und leicht,
Ein Schmetterling hold,
Ein Pfauenauge
Streicht
Durch den Himmel aus Blau und Gold.
Schau hin, wie er blitzt!
O zärtliche Stille, nun sitzt
Er dir auf der Hand.
Wie Wimpern regt
Er die Flügel, jetzt unbewegt,
Daß er Süßigkeit sauge,
Hat er die Schwingen zusammengelegt,
Dort
Ruht er an deines Herzens Rand...

Sprich kein Wort!
Heb nicht die Hand!
Gleich fliegt er fort!

Im Vergleiten

Die Primeln und die Veilchen sind
Schon lang vorbei,
Vergilbte Blätter jagt der Wind
Den Hang vorbei.

Nun ist dies Jahr, das wie im Tanz
Sich schwang, vorbei,
Nun ist des Sommers voller Glanz
Und Klang vorbei.

Des Herbstes Fahnen wehen schwer
Und bang vorbei,
Ich liebte dich einst allzusehr ...
Wie lang vorbei ...

Entsagung

Nun magst du mich zurück die Wege senden,
Die ich in müden Nächten mit dir ging.
Ich stehe traurig und mit leeren Händen:
Du wurdest groß; da wurde ich gering.

Ich war nur wie ein Gärtner, dich zu pflegen,
Und war so froh, daß ich dein Blühn gespürt:
Nun neig ich mich dem Glücklichen entgegen,
Der ohne Dank dich von der Schwelle führt.

Herbstfeier

Den letzten Apfel wirft der Wind ins Gras.
Hör ihn um Einlaß an die Erde klopfen.
Die Wespenbrut entschlüpft, die an ihm fraß.

Der Nebel schmilzt. Still fallen goldne Tropfen.

Der alte Gärtner tut noch dies und das
Und stellt sein Werkzeug sorgsam in den Schopfen,
Als wärs so sicher, wie nur irgendwas,
Daß er zu graben kommt und umzutopfen,
Wenn Winters wieder erst die Welt genas.

Nun gilts, dem Herbst die Pfeife recht zu stopfen:
Tragt alles Laub herbei, den Kranz von Hopfen
Reißt ab, der rostig noch im Zaume saß.
Jetzt zündet an! Wind, fahr hinein und blas!
Schon rauchts und schmauchts. Der Herbst versteht den Spaß.
Aus grünen Flaschen treibt die braunen Pfropfen:
Dem jungen Wein des alten letztes Glas!

Bückeburger Schlossgarten

So hohe Kastanienbäume
Hab ich noch nie gesehn,
Wie sie im Bückeburger Schloßgarten stehn.
So dicke Karpfen, so bläulich bleich,
Sind nirgends geschwommen
Wie dort im Teich.
Wie bin ich hineingekommen
In das verzauberte Reich?
Mit Wappen und Rittern
Ein steinernes Tor,
Mit Pförtchen und Gittern
Und einem Dach davor ...
Lang ist es schon her und nichts weiß ich genau.
Das Schloß war alt und war gelb und grau.
Waren nicht Löwen und Bilder aus Stein?
Es wird wohl schon so gewesen sein.
Nichts sonst. Der Himmel war blau wie Glas ...
Kastanien knallten in Kies und Gras.
Und die Karpfen rührten die Mäuler breit
Und glotzten stumm wie die Ewigkeit.

Am Friedensengel

Der Springquell, windverweht
Plätschert die Stufen naß.
Der Himmel darüber steht
So müd, so blaß.
Wie das Geranienbeet
Üppig in Farben prahlt
Als wär der Herbst noch hold.
Welt, ach, vergebens malt
Welkes Gesicht sich kraß ...
Die Birke, sturmgedreht
Mit rasch blinkendem Gold
Des Sommers Freuden bezahlt ...
Lust, die sich ausgelebt,
Leid, das im Herzen sitzt:
Name bei Namen webt
Hier, in den Stein geritzt,
Der, wie von Tränen glatt,
Steilauf als Brüstung strebt.
Wunschwort und heißer Kuß
Hängt noch in Lüften matt,
Weinfeucht am Boden klebt
Blatt neben Blatt.
Still, aus den Nebeln blitzt
Glasgrün der Isarfluß.
Golden die Schwinge hebt
Stumm jetzt der Engel, schwebt
Über der Stadt ...

Reiner Novembertag

Einmal noch ein Tag voll Milde
Ganz enthoben des Gewichts.
Und die Sonn mit breitem Schilde
Stand im Glanz des leichten Lichts.

Aber bald auf schwarzen Rosten
Mußte lodernd sie verglühn,
Und der Mond stand hoch im Osten
Unreif, wie ein Apfel grün.

Und im grellen Spiel der Farben
Mischte Schwärze sich und Glast,
Langsam nur die Lichter starben
Eingekrallt im kahlen Ast.

Weinrot über Turm und Zinnen
Hing der Abend, groß und hell,
Und im schmerzlichen Verrinnen
Wuchs das zärtliche Pastell.

Bis der letzte Tag vergangen,
Alle Röte abgestreift,
Blieb der Mond am Himmel hangen,
Gelb, zur süßen Frucht gereift.

Warten

Wir waren jung, und die Stimme sprach:
Noch nicht ...
Wir sahen lässig den Stunden nach,
Wir standen im wachsenden Licht.

Nun sind wir alt, und die Stimme spricht:
Nicht mehr ...
Das Licht ist verloschen, erstarrt das Gesicht,
Und die Stunden sind immer noch leer ...

Wohl treiben noch schweigende Jahre einher:
Und dann?
Sehr einsame Schläfer, verworren und schwer
Fragen im Traum wir noch: Wann?

Der Tod

Käm der Tod im Kleid von Eisen,
Trüg das grimme Schwert zur Seite:
Glaube würde ihm beweisen,
Daß er ohne Waffen schreite.

Käm der Tod, als wie zum Tanze
Unter Geigenklang gegangen:
Hoffnung würde nach dem Kranze
Kühn, auf seinem Haupte, langen.

Käm der Tod als Schreck-Gerippe
Voll Verwesungshauch und Schwäre:
Liebe böte ihm die Lippe,
Daß er nicht mehr traurig wäre.

Im Dezember

Rabenschrei. Des Winters Türe knarrt.
Ächzend ist im Sturm sie aufgeflogen.
Krächzend kommt der schwarze Schwarm
Durch die rauschend kalte Luft gezogen.

Fichtenwald, der schwer von Lanzen starrt,
In die Flucht geworfen, überritten,
Fängt schon an, herab ins Tal zu wogen.
Lautlos kommt es hinter ihm geglitten,
Weißes Wolkenvolk mit Pfeil und Bogen.
Wild im Schneegewimmel schnarrt
Keuchend jetzt der Himmel.
Hingeduckt, wie unter Pferdebäuchen, warm
Liegt das Dorf im wirbelnden Getümmel.

Vor Weihnachten

Oh süßer Weihnachtsvorgeschmack:
Mit einem neuen Bücherpack,
Der mich zu toller Neugier reizt,
Komm ich nachhaus und mache Licht.
Eisblume sich am Fenster spreizt.
Bald glüht und sprüht mit Knick und Knack
Der Ofen, tüchtig eingeheizt.
Nun her mit Pfeife und Tabak!
Wie lieblich mirs die Nase beizt ...
Gar noch Kaffee? Nur nicht gegeizt:
So heimlich wars seit Jahren nicht!
Aufs alte Sofa ich mich flack
Und schmökre erst in Schnick und Schnack –
Doch bald versink ich im Gedicht,
Indes mit Jagdruf, Wind und Wicht
Die wilde Rauhnacht draußen weizt.

Trost

Du weißt, daß hinter den Wäldern blau
Die großen Berge sind.
Und heute nur ist der Himmel grau
Und die Erde blind.

Du weißt, daß über den Wolken schwer
Die schönen Sterne stehn,
Und heute nur ist aus dem goldenen Heer
Kein einziger zu sehn.

Und warum glaubst du dann nicht auch,
Daß uns dic Wolke Welt
Nur heute als ein flüchtiger Hauch
Die Ewigkeit verstellt?

Gleichnis

In unsern Kinderjahren,
In Winternacht, wenn mild
Die Hängelampe glühte,
Wie wir da glücklich waren,
Wenn unsre Hand sich mühte
Mit einem Abziehbild!

Wir netzten und wir wetzten,
Daß keins verglitte schief,
Und daß wir keins verletzten,
Wenn wir es schmückend setzten
Auf Tasse oder Brief.

Heut ist im Nebelweißen
Verhängt das Tal wie blind.
Und es ist doch, als rieben
So, wie einst wirs getrieben,
Die Hülle zu zerreißen
Die Sonne und der Wind.

Und jäh, im bunten Golde
Ganz ohne Fehl geglückt,
Erglänzt aus feuchtem Bade,
Steigt rein aus ziehnder Schwade
Das Bild der Welt, das holde.
Wir stehn und schaun verzückt.

Die Raben

Eine Leiche, unbegraben,
Liegt die Landschaft, ohne Schnee
Unterm weichen Himmelsstriche.
Auf dem Felde zanken Raben,
Schwanken auf, wie ich in trüber
Einsamkeit vorüber geh,
Schreiben in die bleichen
Winterwolken wunderliche
Schwarze Zauberzeichen …
Und ich fürchte, daß ich sie versteh.

Der Stern

O nächtiger Gang nach solchem Glücke,
Die Stadt ist winterweiß und still.
Es rauscht der Fluß. Es tönt die Brücke.
Am Himmel springt ein Stern in Stücke:
Ein fremder Stern, der sterben will …

Wohl seh ich tausend andre stehen
Und leuchten wie noch nie so klar.
Und muß doch wie verzaubert gehen;
Denn einen hab ich fallen sehen
Und zittre, ob's nicht meiner war …

Alphabetisches Register der Gedichte

Abschied 92
Am Friedensengel 107
An eine Frau 42
An eine tote Schlange 66
Aufbruch 6
Auf dem Turm 33
Auftauende Landstraße 7
Augustmorgen 72

Badende Buben 67
Bayerisches Land 27
Beim Wein 30
Bei Sonnenuntergang 49
Bergfriedhof 59
Bitte 79
Blick aus dem Fenster 91
Blumen im Krieg 21
Bückeburger Schloßgarten 106

Das Leben 85
Der Baum 5
Der dich tötet 20
Der Falter 38
Der Fluß 39
Der Garten 98
Der Gletscher 89
Der Herbst 87
Der Kirchhof 25
Der Lagerplatz 71
Der Stern 116
Der Tod 110
Die Fahrt nach Engelszell 50
Die Kröte 74
Die Raben 115
Die Rose 97
Die Verlassene 60

Ein Sommertag . . . 41
Einsamer Zecher . . . 45
Entsagung . . . 104
Erinnerung . . . 16
Erste Bienen . . . 11
Erste Grille . . . 12

Frühling im Kriege . . . 19

Gebet . . . 63
Gemälde . . . 46
Gleichnis . . . 114
Glück . . . 86
Gute Stunde . . . 96

Hahnenschrei . . . 13
Heimgang . . . 29
Herbstfeier . . . 105
Hochgebirg . . . 88

Im April . . . 10
Im August . . . 84
Im Dezember . . . 111
Im Herbst . . . 90
Im Herbstgarten . . . 99
Im Herbstnebel . . . 94
Im Regen . . . 76
Im Sommer . . . 37
Im Vergleiten . . . 103
In der Klamm . . . 47

Juniwiesen . . . 31

Kalter Augustmorgen . . . 77
Kleiner Krieg . . . 36

Letzter Herbsttag . . . 102
Liebesspruch . . . 26

Mai im Gras 28
Mondaufgang 61
Müde 18

Nach dem Gewitter 82
Nacht im Bauernhaus 83
Nächtlicher Weg 34
Nachtwanderung 62
Nach vielen Jahren 78
Nach vielen Jahren 17

Oktober 101

Regen in Vicenza 23
Reiner Novembertag 108
Rückblick 80

Schwäbische Schenke 81
Sehr heißer Tag 35
Septembermorgen 93
Sommerfrühe 43
Sommer-Mittag 73
Spätherbst 100
Sprossendes Grün 15
Spruch 65

Traum und Gedanke 22
Trost 113
Trüber Tag im Gebirg 95

Vor dem Gewitter 40
Vor Ostern 14
Vor Weihnachten 112

Warten 109

Zerfallenes Schloß 64